時を超えて

Beyond the time

松尾さおり

Saori Matsuo

Parade Books

目次

まえがき……5
無題……8
無題……10
無題……12
無題……14
無題……16
無題……18
無題……21
無題……23
スピード狂……25
無題……27
無題……29
無題……31
無題……33
chicken X……35
マグマ……38
無題……40
逃亡……42
Rhythm……45

匂い …… 50
羽 …… 55
撃たれろ！ …… 58
無題 …… 61
無題 …… 63
水の鏤《ちりば》み …… 65
凪 …… 66
キャンプ …… 68
HOME …… 72
月 …… 74
Blue berry . chewing …… 78
真昼の月 …… 81

欲望の淵 …… 85
簾中の躰 …… 88
道 …… 92
七転八倒 …… 96
激怒 …… 100
自由への逃亡 …… 103
唖の眼 …… 106
この国 …… 108
島の男 …… 112
八月の蟻 …… 114
あとがき …… 117

まえがき

退院したら部屋の模様替えをしたいと言う娘。久しぶりに明るい表情を見せた。入院する前は、床に足を投げ出して語り笑った。娘の部屋でのコーヒータイム、その日常が戻るのも近い。

娘が退院するまでに、ベッドと本棚を移動。チェストなども病後の娘が落ち着けるように、機能性を考慮して退院する娘を待つばかりに整えた。壁のフォトフレームの中で可愛がっていた、亡き愛犬ナポレオン(ミニチュアピンシャー)と微笑む娘。「ありがとう」と声を聴いた気がする。「早くこの部屋へ戻っておいで」語りかけた私も笑顔になる。

医療を信じて苛酷な闘病に向き合い、辛苦に顔をゆがめ、娘は頑張っている。娘の容態は回復せず悪化した。医療過誤の疑念。幸せの頂点に到ろうとする娘の人生を奪うかもしれない残酷な現実に、私は歯をくいしばった。少しの水をストローで吸う娘の髪を撫でてやる。

別れの朝は突然ではなかった。

「おはよう！　おはよう！」娘の耳元で呼び続ける私を置いてきぼりにして、深い眠りの世界へと手探りで歩き始めていた。私は無言の娘を抱きしめ、家に連れ帰った。最後の別れをするために。

夫亡き後、二人で生きた日常が霞んでいく。頼りなく糸を引く、一本の白い煙が心を繋ぐと信じて、旅立つ娘を引きとめる術もなく一夜が明けた。

二〇二二年七月二日は晴れていた。職場の仲間たちに見送られ、娘は旅立った。

「お帰り、ママ抱っこして」

飛びついた幼い娘との遠い思い出が、昨日のようによみがえる。

本棚から取り出した紙袋には、娘が書き溜めていた詩篇が大切に残されていた。私は傾きかけた西日が射す窓際に座り、娘が残して逝ったポエムの世界を浮遊した。手繰れない過去の無念さに涙する私に、「おちついて　おちついて」娘の声が聴こえた。ここは娘の部屋だからきっと帰って来たのだ。

もう一度　娘と会話するために、それが出来るのなら……、娘が残したポエムの世界の最終章を完成してあげよう。娘のために出来る事がある喜びに震え生気を取り戻した。その思いと志が強くなるほどに不安が膨らみ自信なく弱気になる私を勇気づけてくださった出版社の方との出会いを心の支えに、詩集『時を超えて』が完成しました。それは、私の一歩への道しるべになると信じて、ページを開きます。

松尾靖子

無題

いたわってくれなくちゃ
もっと優しく

不器用な手の繋ぎ方

ウワサに私たちが乗っ取られないようにしなくちゃ

もう　いらない？
おなかがすかないの？

私たちのカタチが同じなら同じな程
もっと私をいたわってくれなくちゃ
そーゆうアイジョーを積み上げなくちゃ

例えば
私のする事を
いつだって止めたりしないで
なんでって聞く
そーゆうやり方で

気にしない振りなんてしないで
子どもみたいな方法
後ろを向いてキス
ツマンナイ台詞

傍観者並みの態度
でも　もっと私をいたわってくれなくちゃ
ばか

無題

つま先から
指先から
あたしは蜂蜜に浸かってく
ゆっくりと　すごく　ゆっくりと

あなたは聞く
これでいいか？
本当に　これでいいのか？って

欲しいものは違う
そんなんじゃない

あたしはだんだん溶けていって

「あたしたちがおんなじ蜜になるように」
そして輝いて
きらきらと
真夏のプールみたい
ずぅーと　いつまでも

あたし分かってるんだ　本当は

無題

地面に頭と背中と尻と踵をくっつけて
空と向かい合う
地上10㎝の風は
無言のまま昨日を運ぶ
こうしている僕は何にも属さず

この身体

　あの身体　僕の下にあった　あの身体すら

他のどれとも違う
この個体から覗く世界が
明らかに

僕を孤独にし
幸せにし
頑なにする

空に見下ろされ
身動きもせず
ただ　睨み返した

無題

彼女はブーツを履いたまま　ずっと遠くまで歩いていく
夕陽が黒く消される時間
風は　きっとロシアより冷たい
マフラーは　もう飛ばされてしまったのに
あの首を絞める
彼女のマフラーは

膝小僧に紫色の痣をつくって
国道沿いに歩いていく
何千台の車が　後ろから追い越したんだろう?
何万台の車が　後ろから追い越したんだろう?
でも彼女は
自分の行き先を知らない

わからない
ドーベルマンのような　あの人の
かすれた声はもう聞こえない
薄い皮膚に包まれた
身体の温度は計れない
多分　あと少ししたら
砕けたガラスが降ってくるんだろう
ちらちらと輝きながら
もうすぐ　オレンジ色の空は消える

無題

ハーレーにヘルメットなしで乗るような女でいたい
忘れていた記憶と忘れていたい記憶に挟まれて
高笑いするような女
肌は　岩のように硬く
金属製の精神を持ち合わせた女

暴力と破壊は　ヒキガエル
タイヤの痕がついたヒキガエル
踏みつぶして　ひからびて

開拓者の腕を持て

コヨーテの牙から滴る鮮血は

私の口を朱く染めるだろう
何億年も前からそうしてきたように
口を朱く染めるのだろう

無題

それは
失うまでの間
いつまでもあたしの躰にまとわりついていた
安定した感覚
舌でなぞられたルート
つきなれた嘘

あたしの中で傲慢さが広がり
流れだし
その人の躰を溶かしていった

全ては
そこから始まった

雨をさけ
車の中に逃げこみ
静寂と裏切りにくるまって
夜がくるのを待った
凍えながら
叫びたいのを必死でこらえた

その人は
まるで
車のライトに追いつめられた
野生動物のように
あたしという
汚れた光に
照らされて

最後の眼差しを
残していった

その目は
失った後のあたしの
躰にまとわりついて
まだ
離れない
まだ

無題

僕が言った言葉を彼女は聞いているだろうか
傲慢で曖昧な僕の言葉を

執拗に繰り返される行為に
僕は隠していた僕自身の島に彼女を流してしまった
帰る船のない
孤独なあの島へ

僕たちの闘争は
まだ始まったばかり
一体　どの位　お互いの躰に傷をつけられるのか
治る予定のない傷を

そして
僕は考えている
僕はあの島に辿り着けるのか　と
漕ぎだした船は
僕の言葉を使い
知らない場所へと流れていく
きっと　彼女のいない島へ　と

無題

風の流れが変る時
その場所に立って　巻き込まれたあたしの髪が
今と過去と未来を繋ぐ
冬が満ちた海岸沿いを
凍った足で西に進む

誰といても一人
この暖かい両手も
舌が覚えた背中のくぼみも
あたしの躰の奥に入り込み
深く
内臓すら溶かし
尽きない炎を燃やすことはない

あたしは　ただ
砂に隠れた小さな海の生き物のように
外の様子をうかがっている
誰があたしを食べるのか
誰があたしを襲うのか
誰があたしを救うのか
誰があたしを奪うのか

感覚を無くしたこの足に
それでも
差し伸べられた手を
きっとあたしは
踏みつけるだろう
そして　なお　泣き続けるんだろう

スピード狂

機械仕掛けで動いている
こないだから　今まで
すごい勢いで進んでる
音がするくらい

教えたくはないの
たくさんを知りたい
でも　これは取引じゃないから
怖い顔をしないで
ゆっくりとなら　できる
これ以上の事

説明はいやなの

他の人で　もうたくさん
倍以上　必要なことばなのに
全然　足りてないよね
あなたの我儘はサイアク
性質が悪いから
なかなか寝つかない子どもみたく
傍にいるんだ
言い訳を考えて

何処に行ったの
あんなに優しく

もう一回　進んで
あたしの身体で
全部

無題

午後三時の電車は
まばらに腰掛けた乗客の肩に日射しを降らす
窓越しに見える景色は　陽炎のようで
僕は泣きたくなる
ぐるぐる巻きのマフラーに顔をうずめながら
時間は流れる
確実に

斜め向かいに座る人
母親の年齢と経験に身を包み
膝の上のバッグとデパートの紙袋を両手でしっかりと握りしめる
カタクナな手
あの人の孤独なコートは　誰が着せたのだろう

電車は何も言わずに　僕らを選ぶ
次の駅
次の駅

僕の弱さはこの次の駅にある
多分　あの人と同じ
次の駅
この次の駅
陽炎は　震えながら姿を変えていく
人々の背中で
僕は行き先を待つ人のふりをしながら　黙って運ばれている

そして
目を閉じるように夜は来る

無題

あたしは突然オモチャを取り上げられた子ども
泣きじゃくるのも忘れ
ただ　じっとしている

地下鉄の悲鳴に飛び込む
暗闇に隠れて
その人の結晶が舞ってた

「少しずつ凍って」

雑踏の音に紛れ込み
分からないように
悟られないように

低い声で会話
誰にも気づかれない感情
二人だけの譫言

この舌に残る微晶（微傷）
ざらついた感触に
抑えつけられた心臓は
暴れだし
欲望の呼吸は荒い
この白い結晶
唯一
あたしに残されたもの

無題

大きな刺青を入れるには
あたしの身体は小さすぎる
ＲＯＬＥＸの金を纏うには
あたしの腕は白すぎる
雄牛のように振る舞っても
本当は「わからない」
この身体の容量分
すべての事は
この頭が見つけだす
くだらない論理だけ

一つの身体には一つの形
この形が向かう方向へ

この形が叩きだす音へ
この形があたしにくれたものへ

多分たくさんの壁がある
あたしの背では乗り越えられない
あたしの力ではたたき壊せない
引き返せばいい
それでいい
別のルート
それでいい
あたしは愚かであり女である

無題

暗い部屋の中に一つだけ
小さな窓がある
どこかのビルに反射して
午後四時の日射しが入る
でこぼこに切り取られた
水色の空は
すごく
遠い所にある
あたしは全部の時計を捨てて
この部屋に居よう
黒い時計も
渇いたやつも
あの腕を絞めつけるのも

それなのに
こんなに捨てているのに
この人は気まぐれに身体を抱きしめる
ずっと
ながく
その度にあたしは
あの身体の中で刻む時の音が聞こえて
耳に響いて
それを止める為に
自分の身体を押しつける
ぎゅっと強く抱きしめる
あたし達の身体の音は
重なり合って響いている

chicken X

バンジージャンプみたいな時間を
もう少しだけ私にください

スピーカーのボリュームを最大にして
真実が聞こえなくても構わないから

愚かより疎く
才能より感情

飛び降りたら終わり
それはよく分かっている
でも
このジャンプは

産みおとされた日から
もう始まっている
そう思うでしょ？

はみ出した口紅　口論とsex
何マイルもの移動
三度目の放火
日曜の午後

耳を塞いで
眼を瞑って
賢くなくても構わないから
絶対じゃなくても構わないから
私の服は欲望ではち切れんばかり

クラクションは鳴らしっぱなしで
軌道を外れた惑星より遠く
火花が散るくらい
ギリギリのブレーキ

もう少し　あと少し
お願いだから

そんなに簡単に
ロープを切らないで

マグマ

まるで温室の中からみているよう

火のように太陽が
目の前のモノを照らしている
アスファルトとその上で
踊るように歩く人々を
コートの裾を風が引っぱっている
後ろへ

地上五十メートルから見下ろしている
あたしは
窓ガラスに映ったその眼が
酔っているように見える

身体の中でマグマが
噴き出しているのに
鼓膜が敗れる程
ボリュームが上がっているのに
静かに
外を見下ろしている
このビルの中から

無題

ついたち　ふつか　みっか
仔犬みたいにあたしを呼んで

夜が冷たくても　きっと切れない
ワガママが重なって
恥ズカシイ?
仔犬みたいになっちゃうんだ

あたし

その傲慢のヒゲとバハマでの生活を
較べて
天秤にかけて

そんな事　決まってる
笑ってる太陽なんか　放り投げるから

いらないの

ウソツキで単純　自分勝手
春が優しくても（寂しくても）譲れない
どんな形にもなっちゃうんだ

にじゅうく　さんじゅう
いつだって呼んで
仔犬みたいに　あたしを

逃亡

アクセルを深く踏み込む度に
躰中を走る感覚の麻痺
ふありと浮かび上がるのは
車体か
それともアタシ達か
土埃に洗い流され
こぼれる白い歯に見とれながら
疾走

ブッシュを抜け
獣の群れを追い越し
アスファルトの上を行く
深海のあの船にも

宇宙に散った欠片にも
今なら手が届く

昔死んだ知性も
裏側にいた愛情の塊も
まだ見ぬ平和も
すべて
すべて
駆け抜けろ

この車は永遠
地球の周りを走り続ける
何者にも負けぬ速さで

アタシ達は

走り続ける
廻り続ける
進み続ける
飛ばし続ける
永遠に永遠に永遠に

Ｒｈｙｔｈｍ

硬い大地を踏みしめる足
沸騰した湯が吐きつける湯気
白痴の大人
裸足で過ごす夜
奪われる人
二人漂う事
地上で最後の瞳を閉じる獣
彼にかけて誓う嘘（嘘はつかない）
成熟した子ども
飾りつけた場所

赤土の上を裸で逃げる
スローモーションの動きで

瞳の裏に焼き付ける
解放の風
ブッシュを駆け抜け
切り開く両手
飛ぶように
流れるように
歌うように
髪に赤いリボンを結んだ少女が
何も怖れることなく微笑む時まで
逃げろ！
それは創り出すため

この傷が教えてくれる
鼓動の音は強くなる
拒否する人

信じる人
痩せた老人が欠けた前歯で笑うまで
その瞳の奥に残るのは
狂気の時代の名誉
平和を胸に抱きもした
終わりを嘆く人
錆びた緋色の陽光が背中を大きく強く推す
渇いた砂の波
禿鷹の旋回
太古の痕跡
噛みつけ！
その首筋を流れる血潮は
鼓動を持たない記憶の塊
私の口を染める

巨大な手はまだ見つからない
黒光りした救いの手は
天上から降るように
本当の光が差すように
確実に
ゆっくりと
切り裂く人
そして笑い続ける

追いかける人
肉体は真実
美しさに怯え
皮膚の温度が上がるほど
焼かれるように立ち尽くす
雲は流れ続ける

運ぶ
奪う
与える
今　来た道を見失い
湧き上がる水
肌の上を滑る
生きるように
それは
空の下
大地の上

匂い

それは甘い犯罪の匂いがする
その魅力にとり憑かれ
眩暈と肩を小さく震わす日々

あたしは少し歩き出す
染み込むような沈黙があたし達を取り巻く
そして
それは本当に甘く切なくあたしの胸を絞めつける
その匂いの渦に流されながら

彼女はとても危険だと言う
そして白く輝く手を差し出す
七年前の彼女に向けて

あたしは魅了された者
その手は決して掴まない
例え彼女が望んでも

それは甘い獣の匂い
自分からは決して捨てない

終わりの近さを感じながら
肩に降りかかる冷たい雨
あたしは
魅了され
その匂いに
狂言的に

崩壊を恐れる人＝あたしを愛する人
あたしはその術を知らない
愛しくは思いもするが

あちこちから伸びた手は

無数の手は
叫び
もがく
救い出そうとして
救い出そうとして

あたしは首を横に振り続ける
何もかもこのカラダに染みついてしまった
痩せたカラダに

その匂いの水の中で
初めから終わりまで
奪われ
抱きしめ
移ろい

あたしはそれを求めていない

目を背け投げ捨てる人
賛美し抱き起す人
不安げに様子を窺う人
愛しくは思いもするが
憧憬の眼差しがあたしを馬鹿にする
屈辱の口元があたしを狂喜させる

それは甘く切ない犯罪の匂い
重たく響く耳元に誘われ
短い時間を過ごす嵐

羽

あんたは飛べる　高く　高く
あんたの優しさにぶら下がる人々
やつらへ差し出した手
冷たく弱く救える手

あんたは飛べる　遠く　遠く
あんたの行く手を阻む人々
奈落へと引きずり下ろす
悪意に満ちた目

すべてを背負って

高く
何処までも行ける
あんたの行きたい
どんな場所へも
何処までも
何処へでも

飛びな
いつでも
行きたい処へ
飛びたい場所へ
背中の重みは
いつか
あんたの白い羽になる
あんたを飛ばす

力になる

あんたは必ず飛び立てる
そして
何処までも
飛びな
高く
遠く

撃たれろ！

撃たれろ！
考える前に

白髪頭の男から
ジャングルから

理由のない立ち振る舞い（それが大事）

降りてくる雪から
突然の言葉から

無意識は才能
魂は事実

彼女のリズムから
突き上げる青から

孤独は慰め
戦争は廃屋

当たり前の食事から
この街のホームレスから

残像は失格
曖昧は勇気

繰り返し進んでく
今までも

これからも

無題

剝き出しで歩くことを許さない
皆　そう

あたしも牙はある
噛み殺すなんてわけない

そんなに強く削らないで！

海になんてなれない
たおやかに優しく
いつでもこの場所にはいられない
花なんかじゃない

静かに美しく
気まぐれに心を慰められない

あたしには匂いがある
打算と強欲の下着を着けている
微笑＝冷笑
食事の後には必ず残酷
身体中に彫ってある
蜘蛛と嘘と雨

あなたがどんなにあたしを弱くしたって

無題

愛することは狂喜（凶器）
日常では事足りず
欲情では埋まらず

耳障りな笑い声の中
どこまでも静かに流れていく

行方の知れない季節の回転
法則を壊しては
また
探し出す

レールを外れた列車のように

ブレーキは火花を散らし
引き伸ばされて遠ざかる
車輪とレールの擦れる音は
どこか女の悲鳴に聞え

理性と知性を生贄に
永遠という瞬間の連続を
願わずにはいられない
願わずにはいられない

水の鏤《ちりば》み

こぼした水の床に落ちるが
いかに猥褻だったかを
あたしは覚えている

時計の振り子は
猛烈な勢いで時を刻み
立っていられない程の突風が
スベテを切り裂きにかかっても

あのこぼれた水の味を
あたしは覚えている

風

突風に掻き乱されて
乾いた唇を舐めて
僕は太陽に向かって立っている

焼けたあかい肌で
汚れた足で
恐喝という名の幻は彼方

開いた傷口で
僅かな呼吸で

走り去った昨日は干からびた骨
砂漠の真ん中で
僕というだけで

キャンプ

プロペラの音
軍用機の低い旋回
波打つ風
脅える子ども
抱き締める母親

踏みつけられる砂利
押し潰され
転がされ
砕かれる　音

踏みつける靴　足　人

突然の雨
迷彩色に降りかかる
濡れそぼる肩
黒い銃機

取り囲むジャングル
深い緑を得て
吸いこまれる雫

激しい連爆
放り出される肉体
血潮を放ち
吹き飛ばされる
幼い躰
魂の連爆

見届ける眼
その眼は
被害者という名の
犠牲者という名の
加害者という名の

遠退くプロペラ
放たれる炎
ガソリンが鼻をつく

緑の中に潜む躰
瞳の奥に映る炎
うねりとなって
曇り空に立ちのぼる

多くの女が立ちのぼる
多くの男が立ちのぼる
多くの子どもが立ちのぼる
緑の中に潜む躰
瞳の奥に映る炎
やがてジャングル奥深く
吸い込まれていく
炎のかたちを
脳裏に刻み
地獄は人が造るもの
地獄を人に造るもの
脳裏に刻み

脳裏に刻み

HOME

夕日に舞う綿毛
ポーチでうたた寝の老人
輝く麦畑
一日の労働から戻る男たち
はしゃいだ子どもの笑い声
女たちがかき混ぜる湯気の立つ鍋
太陽が金色に輝き
この土地に帰る
この国に帰る
夜までの時間
闇までの時間
風が小麦をなびかせる
駆け出す子ども

だき締める男
眺める老人
女が皆を呼ぶ
家へ
傾いた陽射しが
辺りを匂わす
この土地の香りを
この国の香りを
誰もが帰る
家へ
彼らの家へ

月

月は輝いて
あたしたちを恥ずかしがらせるほどだった

静かな事を闇と言い
移ろう事を夢と言う

誰しもが家の中に隠れ
ひっそりと
まるで秘密の儀式をしているように

多くを語らぬ口だった
そして　唇だった

あたしは祈った
何にも向かって
頭を垂れて

遠くで水が　一滴の水が
落ちていった
それは広がり　湖になる

あたしたちは
その湖面に漕ぎ出す一隻の船だった

全身で
心が震えるのを
感じた

語らぬ口は
多くの事を
あたしに語った
秘密のやり方で

水面に小さな波紋がたち
それから　静かに広がった

湿った髪から滴がこぼれ
目の前の
肩へと落ちた

その肩は
月の光を帯びていた
白く

蒼く
あたしは
その明るさに
少し　うつむいた

Blue berry . chewing

ブルーベリーガムを噛んで　よくキスをした
夕暮れの頃に
積まれた教科書
手つかずの本の山
人のために髪を梳かし
私のための背中があった

絵具の並ぶ棚に隠れて
切れたジーンズの穴から　体温を感じた
年老いた店員
一枚のTシャツすらもどかしかった

駐車場で夏を過ごした

秋の匂いが大好きだった
おんなじ罪の匂いがした頃
ちょっとだけ笑った顔に小さな傷
金網に寄り掛かって舐めた唇

記憶は甘く　脳裏に刻まれ
私を麻痺させ　離さない
あの路地裏の細い道
きちんと並んだ机の上
嘘と引き換えのキス

傷ついた女
非難する男

夜を待ちながら　交わした言葉

夕焼けに輝いた　胸の痛み
短い髪とアスファルトの硬さ
あの唇は夕陽に沁み
私の濡れた睫の奥で　微かに躰をしめつけた

真昼の月

その人を失った

肩先から　愛の匂いたつ人
あたしを無性にかき乱す人
処理できない感情は　長い間つきまとい
あたしの時間は止まった
止まりつづけた

受け止めたがる人々はあたしを孤独にした
未来を強要する人々にあたしは閉口した
そして　拒む事もなくなった　何者をも

自虐も一時の慰めにすぎない
後に残る物を探しては
それがない事にきづく　毎日

その人の笑顔に
あたしは噛みつき
悲鳴を上げた
縦に引き裂かれた　白い牙

失う事によって
いろんなものを必要としなくなった
そのかわりに
あたしを操作する　言葉
それはしだいにあたしを征服し

呪文のように囁きつづける
責苦を

あたしはきっと　走り抜けるだろう
果ては
ない
救われるのを望まないから

失った人について
狂ったように喋り続けた
失った事を
狂ったように哀しみ続けた間
あらゆる事を
断片的に

感情的に
回顧的に

その虚しさ
その哀れさ

あれは絶対的なもの
一瞬の猶予も与えず
一言も語らせず
あがいても　苦しみは同じ
にもかかわらず　あたしはもがき苦しんだ
「それが愛の深さである」と納得させる為

欲望の淵

その人は、多くを望む
手に余る輝く未来などを
分かつことすら知らないままに
そして
その人は、あの場所を失うことになるのに

彼らが笑っているよ
指をさして笑っている
　水面は輝く
野生が飛び出す
果てのない屋根
本当の匂い
暖かく包む風

悲しいけれど
侵略され
奪われる

その人は、
声をあらげる

一体これは何のため？

腰の曲がった老女が
道端に腰掛けている
何十年の日差しにさらされた皺だらけの顔で
ぽっつりと
こう、つぶやく

なくさずにすむものを
それができるものを
たかが
欲望だけのために

簾中の躰

前向きで誠実な人にアレルギー
　後ろめたい思い
シーツの隙間から　そっと覗き込む
あの誠実な緑の葉よ

薄暗がりじゃないのなら
いっそ　焼かれるくらい　太陽の下
なぜなら
どこかで償いたがってる

　その事には　目をつむって

神が子どもの躰をあたしに授け

悪魔は魂を
躰はやがて大きく引き伸ばされ
心は弾けて塵となる

抱きしめる手を待ってる
その手は決して掴まない
例え彼女が望んでも

それは甘い獣の匂い
自分からは
決して　捨てない

終わりの近さを感じながら
肩に降りかかる冷たい雨
あたしは

魅了され
その匂いに……
狂言的に……

崩壊を怖れる人
あたしを愛する人
あたしはその術を知らない
しかし彼らを愛しく思う
あちこちから伸びた手は
無数の手は
叫び
もがく

救い出そうとして
救い出そうとして

あたしは首を横に振り続ける
すべては
あたしに染みついてしまった
痩せた躰に

その匂いの水の中で
初めから
終わりまで
奪われ
抱きしめ
　うつろい

あたしはそれらを求めてはいない

道

道があった
荒野の真ん中
一分もいれば
たちまち砂埃が積もっちまうような
そんな道があった

そして
男が倒れていた
まるで一つの影のように
このうつぶせの塊は
無数の痛みを負っていた

やがて

生ける黒い塊たちが
静かにその男を運んでいった
その場所には男の血が染み込んでいた

しばらくすると
一人の少年が跛をひきながらやってきた
道の黒ずんだ場所で立ち止まると
その目には
みるみる涙が溢れだした
泉は尽きることなく
溢れ続けた

すべてが去り
時は流れた
道には

一本の樹の芽が顔を出した

高々と伸び
花を咲かせた

黒い樹木の
黒い花は
黒い実をつけ
朽ちた樹の実は
血朱の果肉をさらした
すべてを道だけがしっていた

焼かれるように立ち尽くす
雲は流れ続ける
運ぶ

奪う
与える

今来た道を見失い
湧き上がる水
肌の上をすべる
生きるように
それは
空の下
大地の上

七転八倒

痣は虚しさの数だけ増えた
あらゆる愚行も　長くは続かず
ただ一つ
抜け出さないと決めただけ

他人の傷も
自分の傷も
今は全く関心がない

傷つかないうちに　あたしから手を引いて
あなたが今　抱きしめたその背中は
受け入れる事をしないから

優しさは　あたしを辛くする
ひどく辛くする

野良犬に　餌を与える人
正しくない
この流れに
心を痛める人
彼らもあたしを救い出せない
そして又　心を痛める

軽口は
興味深げにあたしを眺めさせ
それらはあたしを楽にした
慈しむ言葉より　非難する言葉
どんなに楽か……

失った人は
皆　忘却の彼方へと旅立ち
残された幾人かは　発ち損ねて
さまよわなければならない
未来と過去の隙間を
いつまでも
いつまでも
いつまでも

毎日が
夜のような昼だった
暗がりの太陽
真昼の月
冬に灼かれ

枯れた土地に置き去り
月は哂う
似たような　匂いを探して
愛しては
愛せず
あたしは
この空の下
反転する魚のごとく
もがき苦しみつづける
おそらく　ずっと

激怒

雑踏の中で震える足は
私に近付く音と
私から遠退く音に
遮られ
諫められ
包まれ
壊され
切られ
南にいても
北にいても
放り出された姿のまま
小刻みに震えるこの両膝の
哀れな様子を忘れない

私はそれを忘れない

目を背け
　投げ捨てる人
賛美し
　抱き起す人
不安げに
　辺りをうかがう人
可愛らしく思いはするが……
憧憬の眼差しほど　あたしを馬鹿にし
屈辱の口元ほど　あたしを狂喜させる

それは甘く切ない犯罪の匂い
重たく響く耳元に誘われ
短い時間を

過ごす　嵐

自由への逃亡

乾いた土地に　空を見上げる
西は　どっちだ
この躰の　鼓動は打ちつづける

欠けたグラスに琥珀の液体
見知らぬ視線は背中に突き刺さり
やつらが暴れだす前に
この場所を出て行く

ひび割れた指先
流れていく
風に舞う　枯れたブッシュ

錯乱した女
時代に酔い
社会に酔い

搾取される色
肉体を
心臓を
心を

風に逆らって
山を越える
森を抜ける
西を目指す
赤ん坊の泣き声

横たわる躰
頬の下は涸びた　この国
頬の上は踏みつける　足
土埃の中で　灯の消えた愛すべき肉体

疾走
西に向かって
失った片腕
霞んだ左目
見渡す平原
西を目指す

唖の眼

不安定な明日に掴まって
そんな夢ばかり見ている
あなたはどう？
何が見える？
見える物すべて　知る事ができる？
真実をすべて　知る事が出来る？

美しい背中は直視するに耐えない

浅い眠りに閉ざされて
あたしは確かに叫び続ける

やがて思いだす

問いかけに答えるのは
何も語らない事

あたしが見たものすべてを
あたしは摑まえている

どう？　あなたは

この国

呪文のように唱え続けた
誰しもが
この場所では平和
この国……

水溜まりに映る
自分たちを　覗き込みながら
その鏡が
小さくなっている事にも　気づかず
その水面が　歪んでいるにもかかわらず
唱え続けた言葉は
一体　誰のため？
一体　何のため？

うなずき合っては安心する人々
水溜まりを覗き込み

指導する指導者は
指導しない指導者に

足を掴まれ
背中を小突かれ
死の前に一度天国の水を
許された者は
許されざる者

明日を憂う大人たちは
車輪のない滑車に
子どもたちを乗せる

自分たちの馴れ親しんだ
車輪のない滑車に

自分を嘆く子どもたちは
甘い時代を噛み尽くし
未熟という名の成熟に
すさんだ心を掲げ歩く
大人がひれ伏す
不足した愛情
膨れ上がった組み立て式社会は

応急処置のなれの果て
小さな傷はテープで隠し
腐りはじめた
肉にも気づかず

悲鳴も上げずに　崩れるものを

誰かが疑いだしている
人々が疑いだしている
争い以後　唱え続ける呪文を
小さな人が　今やっと
違う呪文を唱えていた　と
他人の両手で　生きていた　と
崩してはいけない
諦めてはいけない
水溜まりから　顔をあげ
この目で見下ろす　自分の姿

この場所は平和
この国は……

島の男

あたしは彼らが好きだ
島の男
陽気な笑顔を　もっている
潮の薫りを　させている

山に歌い
海に祈り
人を愛し
己を生きる

島の朝陽に家を出る
母に　キスを残し

峠の向こうに眠る父
彼は一人頭を垂れる

日の入りの後
松明の火は
彼らの瞳の中でのみ　金に輝く

真実だけを知る男
あたしは彼らが好きだ
そして
あたしは　彼を愛する

八月の蟻

裸足の両足は大地の体温を知っている
黒く焼けただれた足
あたしは　太陽に背を向けて立っている

歯の白い男は
繰り返し現れてあたしを魅了する
でも気がつくと
その振りだけをしている
とろけたバターが胸に落ち
舐め合う二人に　陥った

父親の名は欲望
母親は理性だった

裸足で歩けば
さながらここは「島」のはずれ
湿った空気が肌を濡らす
覗き込んだ淵は
複雑な事情を呑み込んでしまう
ためらう足の指

一つの誕生日に諦めという言葉を学ぶ
それ以来　不安定という錠剤は欠かせない

あらゆる事を映し出す
嘘は欠けたビー玉で出来ている
背中に二つ
引きちぎった跡がある

これだけは真実

下を見ると
あたしの足を這いあがる者
黒くて小さな

あとがき

　沿道の葉桜に季節の移ろいを知る頃になった。深まる緑の季節へも心を閉ざし立ち尽くす。

　保育園に通い始めた娘と送迎バスを待っていた。散りそびれた桜の花びらが風に舞い、園児服の肩に張り付いた。「さくらのお花が、さおりちゃんに入園おめでとうって……」そう言って指先で花びらを摘まむ私の腕に飛びつき、ブラウスの袖を引っ張った。

　早起きに慣れずに寝ぼけ眼で「ママ抱っこして」言葉がなくても娘の気持は分かる。家に連れ帰って一日中ずっと一緒にいたいと思う。嫌なら保育園に行かなくても構わない。送迎バスは時間通りに到着した。乗降ステップに片足をかけて「よいしょ」と周りの大人の声援でバスに乗り込む幼い子どもたち。やっと乗り込んだ娘の影が窓に映った。振り返りもせず、小さな社会に溶け込んでいる。娘を見送り自宅へ戻った。

家の前に駐車しているグリーンのセダンは夫の車である。今朝、会社へ行った夫が、どうして帰っているのだろうか。運転手の居なくなった乗用車は、もう何日も家の前に駐車したままなのに……。夫の在宅を錯覚するほど、突然すぎた夫との別れだった。桜の季節が終わると間もなく夫は、三十八歳の誕生日を迎える。それも待たずに夫は急逝した。

娘を抱き上げて「高い高い」をする夫の笑顔、嬉しくてキャッキャッとはしゃいでいた娘、当たり前だった家族の朝を繰り返した。束の間の幸せ、父親が見せた夫の笑顔を、娘はもう見ることはない。

悲嘆の中で容赦なく強いられる責務に直面し、明日という未知への不安に怯えながら無我夢中で今日が終わる。他人に依存した過去からの脱却、曖昧に過ぎた温い日常が一変した。孤立と絶望感の中で私は、娘のために強くなった。

当時住んでいた千葉県八千代市勝田台から、私の生まれ育った神奈川県相模原市中央区へ、娘を連れて引越した。平日の昼間は祖母が娘を見てくれることになり、私は正規社員として働き始めた。自立を覚悟していた私は、娘の小学校入学前に安定した生活環境を構築しようと週末はマイホーム探しに奔走した。女性であることそれだけで、本気で商談に対応してくれる業者はなく、差別を思い知る。

知人に紹介された好条件の物件にも諦めが先行した。「見るだけ」「無理、無理です」と本気になれないでいる私に、「家と住人、それも、家と人も縁ですから」そう言ってくれた不動産業者の物件に縁があった。3LDKの戸建てを購入した。駅まで徒歩で行けるし小學校にも近い。娘の成長を見守り二人で暮らしたこの家、今もこれからもずっと住み続けるつもりでいる。

週末は娘を助手席に乗せて車を走らせた。湘南の海がドライヴコースで休日の午後はよく走った。助手席の幼い娘は後ろへ過ぎ去る景色をどれだけ記憶に留めていたのだろうか。そんなことを思いながらハンドルを握る私に、「来たときは右に曲がったから、帰りは左ね」娘のナビゲーションに、私の方向音痴を認識する年齢になった娘の成長を感じた。

小学生の夏休みは、蓼科高原から姫木平へ、民泊に近い姫木湖での釣り体験もした。肥えた鯉が細い竹の釣り竿に食いつくが、不慣れな釣りと力不足で四苦八苦しているのを見ていた湖畔のキャンパー父子に助けられて、大物の鯉を二匹も釣り上げることが出来た。そんなことを何度となく繰り返しながら、優しくて思いやりのある素直な娘に成長した。

春には桜の名所、津久井湖で、だんごやいなりずしを持参してランチをした。それが我が家の恒例行事になっていた。家族だった愛犬たち、ミニチュアピンシャーの「ナポレオン」や。ジャックラッセルの「グレース」も、花びらを追いかけ雰囲気を楽しむほど習慣になっていた津久井湖の春。愛犬たちと戯れる娘の写真に在りし日を偲ぶ今は、娘がノートに書き残して旅立った私へのメッセージ「いっぱい笑って…」その思いを心のささえに生きなければならない。もう湖畔を訪れることはない。

社会人として経済的に自立した娘は、私の誇れる自慢の娘だった。有名な画家の作品展で炎天下の長い列に並んでの入館。英米語学科を専攻したのに、インテリア関係の洋書本が本棚に沢山ある。現職半ばで逝った娘の責任感と仕事に前向きな頑張りは父親に似たのかも知れない。年末には障子貼りをする私を手伝い。キッチンの壁紙の張替作業も器用な才能を発揮した。娘に依存するようになった私に「ママは、細かい作業は不向きだから、ここは私に任せて」と几帳面な仕事をした。ペンキ塗りは二人の連係作業で手際よくはかどった。

大学時代にＵＣＬＡへ留学した娘の帰りをどれほど待ち望んだか、一人ぼっちの寂しさを痛感した。あの時は、いつか帰ると思って待てた。もう待っても帰らないあなたに会いに、私の過去への旅は永遠です。

セーヌ川のクルージング、アリゾナ州・セドナの大地は他の惑星に飛び出したような感覚の中で、日の出を見ようと眩しすぎる太陽に目を細めて飲んだコーヒー。出雲大社を詣でた時、名前と住所を言い忘れて神の思し召しがないと知った時の無念さ。「又、来たときは、忘れずに」と約束したけど、あなたは神の世界へ旅立ってしまった。もっと沢山のことをしてあげたかった。

愛犬のナポレオンやグレースが家族として豊かな気持ちにしてくれました。犬の保護団体への寄付も欠かさなかったあなた。あなたに代わって私に寄り添い慰めと癒しで元気づけてくれたグレース。その生きる気力と励ましに支えられて、詩集が完成しました。

ママの娘に生まれてくれてありがとう。楽しい思い出と幸せな時間をいっぱい残してくれたあなたへ、完成した詩集を届けます。

さおりへ

ありがとう。あなたのママで幸せでした。

ママ

『時を超えて～Beyond the time～』の出版にあたり、ご協力くださいましたスタッフの皆様に感謝して閉じたいと思います。

二〇二四年十一月

松尾靖子

時を超えて ～Beyond the time～

2025年1月15日　第1刷発行

著　者　松尾《まつお》さおり

発行者　太田宏司郎
発行所　株式会社パレード
大阪本社　〒530-0021　大阪府大阪市北区浮田1-1-8
TEL 06-6485-0766　FAX 06-6485-0767
東京支社　〒151-0051　東京都渋谷区千駄ヶ谷2-10-7
TEL 03-5413-3285　FAX 03-5413-3286
https://books.parade.co.jp
発売元　株式会社星雲社（共同出版社・流通責任出版社）
〒112-0005　東京都文京区水道1-3-30
TEL 03-3868-3275　FAX 03-3868-6588
装　幀　河野あきみ（PARADE Inc.）
印刷所　創栄図書印刷株式会社

ISBN 978-4-434-35081-8　C0092